W0413851

?-6
w46

S.F.
V.

Christoph Ransmayr

Die dritte Luft

oder Eine Bühne am Meer

S. Fischer

Rede zur Eröffnung der Salzburger Festspiele 1997

© 1997 S. Fischer Verlag GmbH, Frankfurt am Main
Gestaltung: Wolfgang Michael Hanke
Umschlagabbildung: ›Splitting-6‹ von Hubert Scheibl
Druck: Wagner GmbH, Nördlingen
Einband: G. Lachenmaier, Reutlingen
Printed in Germany
ISBN 3 10 062920 5

Die dritte Luft

Blauwale! Waren es fünf? Sieben? In Baltimore und in anderen Küstendörfern an der Roaringwater Bay und der Dunmanus Bay sprach man später sogar von einem Dutzend Blauwalen, die unter den Fontänen ihrer Atemluft und an turmhohen schwarzen Klippen vorüber dem offenen Atlantik entgegenzogen. Schwärme von Sturmvögeln folgten ihnen nach und schrieben so die Route einer schäumenden Meeresprozession an den Himmel; Albatrosmöwen, Silbermöwen, Eissturmvögel. Und dann lief dieser mit Mastschweinen überfrachtete Kutter in voller Fahrt gegen einen Wal. Schlug leck. Sank. Das Meer färbte sich rot. Seeleute schwammen in einer blutigen Brandung um ihr Leben. Schweinekadaver wurden von den Brechern gegen die Felsen geschlagen; hellrotes Strandgut an einer dunklen Küste.

Welches Publikum würde sich nicht augenblicklich von den Tragödien und Komödien, den Konzerten, Opern oder Festreden abwenden, die ihm von irgendeiner Bühne herab geboten würden, wenn keine hundert Meter vom Orchestergraben oder einem im Wind schlagenden Bühnenvorhang entfernt der Atlantische Ozean rauschte und während der Vorstellung oder im letzten Satz einer Symphonie plötzlich

Blauwale und Schiffbrüchige *draußen*, jenseits der Brandungslinie, ihrem Schicksal entgegenschwimmen würden?

Die Bühne, von der ich hier berichte, liegt hoch über den Klippen der südirischen Atlantikküste, an einer der unzähligen, von Feldsteinmauern, Stechginster und Fuchsienhecken gesäumten Straßen, die sich zwischen den Leuchttürmen von Galley Head und Irlands südwestlichstem Kap, dem Mizen Head, in tief eingeschnittenen Buchten und felsigen Hügelketten verlieren. Eine Bühne so nahe der Brandung, daß die Schauspieler, Sänger oder Dichter, die sie jemals betraten, die Stimme manchmal erheben mußten, um das Meer zu übersingen oder einfach zu überschreien. Mein Freund Eamon aus Skibbereen, der mir auch gezeigt hat, wie man ein Boot sicher zwischen Klippen verankert, wie man Hummerkörbe auslegt und bissige Katzenhaie, die in diese Körbe geraten, daraus wieder befreit, ohne sich zu verletzen, mein Freund Eamon hat mich an einem stürmischen Februartag zu dieser meilenweit von jeder Siedlung entfernten Bühne geführt. Die Wegkreuzung, an der sie liegt, heißt im südirischen Gälisch *Glaisín Álainn*. Das bedeutet *Schöne Weide.*

Glaisín Álainn war bis in die jüngste Vergangenheit und an sechs Tagen der Woche tatsächlich nur eine Viehweide mit großem Blick aufs Meer, eine gegen die Felsenküste sanft abfallende Wiese, auf der das einsame, nun verfallende Steinhaus eines Mannes namens Liam O'Shea stand. O'Shea lebte bis zum Jahr seiner Auswanderung nach Westaustralien mit zwei Kühen, vier Hirtenhunden, einem Maultier und einer wechselnden Anzahl von Schafen auf Glaisín Álainn, brannte in einem Schacht der aufgegebenen Kupferminen an der Roaringwater Bay heimlich Poteen, Kartoffelschnaps, fuhr nach solchen *Brandnächten* auf seinem Maultierkarren oft schlafend über die Dörfer und konnte zur Begleitung eine Knopfharmonika in einer fast endlosen Ballade alle Namen, Jahres- und Opferzahlen von mehr als einhundert Schiffsuntergängen an der irischen Westküste singen. Mit seinen über die Woche gestreuten *Besorgungsfahrten*, auf denen er das Neueste aus den Dörfern und von den nahen Inseln erfuhr und weitererzählte und nebenbei Bier in Flaschen, Tabak, Karamel und andere weiterverkäufliche Genüsse nach Glaisín Álainn schaffte, schien er sich aber stets nur auf jenen einen Abend vorzubereiten, an dem sein Haus zum Schauplatz wurde, zum Theater, seine Viehweide zu einem festlichen Ort.

Denn an Sonntagabenden versammelten sich auf Glaisín Álainn Bauern, Fischer, Strandgutsammler, Torfstecher, Handwerker und das irische Personal englischer Herrenhäuser – versammelte sich ein *Publikum*, das zu Fuß oder bestenfalls mit dem Fahrrad auch aus stundenweit entfernten Gehöften und Weilern West Corks kam, um hier an etwas teilzunehmen, was unter weniger bescheidenen Verhältnissen und an windstilleren Orten *Darstellende Kunst* heißt: Getanzt wurde bei Liam O'Shea! Getanzt, gesungen, Geschichten und Balladen zur Knopfharmonika oder zur *tin whistle,* einer dünnen Blechflöte, vorgetragen - das alles auf einer Bühne unter freiem Himmel, die Liam O'Shea inmitten seiner Weide aus Meersand und von den Gezeitenströmungen glatt geschliffenen Steinen gemauert hatte und zu der sein Publikum einfach *the platform* sagte.

Auf Liam O'Sheas Plattform konnte sich an einem Sonntagabend jeder aus dem Publikum vom Zuschauer in einen umjubelten Darsteller verwandeln, konnte einer, der eben noch gerührt oder lachend bloß zugehört hatte, sich nun selber erheben, zur Harmonika oder zur Blechflöte greifen und dann unter dem Applaus verstummter Sänger und Musiker zu spielen, zu singen beginnen.

Auch wenn Wind und Brandungslärm an Musikinstrumenten nur Knopfharmonika und Blechflöten zuließen, Ziegenfelltrommeln und die *uillean pipes*, eine sanft und melancholisch klingende Spielart des Dudelsacks – wenn Liam O'Shea Harmonika spielte und dazu von Schiffsuntergängen und den Segnungen des Strandguts sang, von auf den Brechern tanzenden

Schweinen, von Hunderten Ballen schneeweißer Baumwolle, die wie Eisschollen in der Bantry Bay trieben, von schwimmenden Teppichen aus Orangen, Kisten voll Uhren und Messingglocken und vom Glanz versunkener Silberbarren und dem Gold spanischer Fregatten, dann meinten seine Zuhörer nicht bloß eine Knopfharmonika, sondern manchmal eine Fiedel zu hören, ja selbst die irische Harfe und andere Stimmen, die im Rauschen der Wirklichkeit auf Glaisín Álainn für gewöhnlich zu leise und deshalb nicht zu gebrauchen waren.

O'Sheas steinerne Bühne hatte kein Dach, keine einzige Mauer, die vor Wind und Regen schützte, keinen Vorhang, keine Treppe. Kaum höher als das Weideland gelegen, das sie umgab, konnte ein Künstler sie einfach betreten, indem er über Stechginster und Gras hinwegstieg – und konnte mit diesem einen Schritt doch eine ganze Welt hinter sich lassen: trat in eine Melodie ein, in eine Ballade, einen Applaus oder ein Gelächter, in dem ihm sein Leben plötzlich noch einmal neu und anders erschien, verwandelt in Töne und Worte. Dadurch wurde dieses Leben zwar nicht leichter, aber zumindest erzählbar, begreifbar – und erschien in manchen Spott- und Kampfliedern sogar veränderbar.

Schlachtgesänge und Liebeslieder, Balladen von der großen Hungersnot des vergangenen Jahrhunderts,

Lieder vom Bürgerkrieg zwischen den Gefolgsleuten der irischen Republikaner Michael Collins und Eamon de Valera und selbst Walzer, wie sie in den Salons der Transatlantikliner getanzt wurden, die hell erleuchtet, so nah und so unerreichbar, an den Seezeichen vor Glaisín Álainn vorüberzogen – was immer auf Liam O'Sheas Plattform gesungen oder gespielt wurde, die Kulissen aller Tänze und Darbietungen blieben immer auch die Schauplätze der Wirklichkeit: Das Meer in einem Lied aus den Hungerjahren, in denen Schiffe voll Getreide und Fleisch Irlands Reichtum nach England verbrachten, während auf den Friedhöfen Massengräber für die Hungertoten ausgehoben wurden, dieses Meer voller Kornschiffe mit geblähten Segeln – es war das gleiche, dessen Rauschen bis nach Glaisín Álainn heraufdrang. Und die Klippen in einer Ballade, in der die *Lusitania* und die unsinkbare, in Belfast gebaute *Titanic* das Leuchtfeuer von Kinsale passierten und Kurs auf ihren Untergang nahmen – das waren und blieben die Klippen *dort unten*, schwarze Felsen in Sichtweite von Glaisín Álainn. Selbst der Himmel, der in so vielen Liedern angerufen wurde, war der gleiche, nach dessen Sternbildern die Fischer von Glandore und Leap und Baltimore und Ballydehob ihren Kurs bestimmten und aus dem es an manchen Sonntagabenden zu regnen begann.

Auch wenn in diesem Regen oder einem plötzlich aufziehenden Sturm zumindest für einige von O'Sheas Gästen die Möglichkeit bestand, in seinem Steinhaus unterzukommen, um dort am Torffeuer das Schlimmste abzuwarten – auf Glaisín Álainn gab es zu keiner Zeit den Paravent einer bloßen Kulisse, hinter der die Wirklichkeit verschwand oder schöner erschien, als sie war. Und wenn auf der Plattform das Heimweh eines irgendwo in Amerika, Neuseeland oder Australien verschwundenen irischen Auswanderers besungen wurde und das verlassene Land dabei so grün und so unvergeßlich wie nur in der Poesie erschien, dann streckte zum Zeichen dafür, daß keine Zeile erfunden war, der Leuchtturm von Fastnet seine Lichtfinger bis nach Glaisín Álainn. Der Turm auf dem umbrandeten Felsen von Fastnet, der bei klarem Wetter auch tagsüber von O'Sheas Weide aus sichtbar blieb und in manchen Balladen und Liedern nur *Die Träne Irlands* hieß, weil jedes Auswandererschiff, das aus dem Hafen von Cork mit südwestlichem Kurs auslief, bei Fastnet die offene See gewann. Erst wer diesen schwarzen Felsen mit seinem Leuchtturm aus der Sicht verlor, hatte Irland aus den Augen und oft für immer verloren.

Der Leuchtturm von Fastnet war auch an jenem Februartag zu sehen, an dem ich meinen Freund Eamon zum erstenmal nach Glaisín Álainn begleitete, um Hummerkörbe zu holen. Es war ein Montag, und vor O'Sheas verlassenem Haus lag zwischen regennassen, grasenden Kühen ein Boot auf der Weide; Eamons Boot, das er noch jedes Jahr vor den ersten Winterstürmen aus dem Hafen von Castletownshend und dann über die Hügel bis nach Glaisín Álainn gezogen hatte, um es auf dieser Weide zu verankern, im Gras, das in West Cork auch während der kältesten Jahreszeit grün bleibt und schneefrei.

Anfang Februar, wenn in den Gärten der umliegenden Gehöfte die Kamelienbäume zu blühen beginnen, verschwinden die vor Glaisín Álainn aus der Brandung ragenden Klippen und unbewohnten Inseln manchmal hinter ungeheuren Vorhängen weißer Gischt. Dann rollt der von spätwinterlichen Weststürmen gepeitschte Atlantik mit aller Gewalt gegen die Küste, steigen zwanzig und dreißig Meter hohe Wasserwände an lotrechten Felsen empor, bersten unter Donnerschlägen und stürzen in vielarmigen Kaskaden in ein brodelndes Chaos zurück. Bei solchem Seegang suchen die Kühe auf O'Sheas Weide im Windschatten hinter Eamons Boot vor dem Gischtregen Schutz, der, von den Böen meilenweit landeinwärts geweht, das Gras salzig werden läßt. Selbst ein kräftiger Mann hätte an Sturmtagen Mühe, sich in den Windstößen auf der Plattform aufrecht zu halten. Jeder Ton eines Gesanges, jedes Wort, jeder Schrei würde augenblicklich untergehen in einem die ganze Küste bis in ihre dunkelsten Höhlungen und Buchten hinein erfüllenden Tosen.

Im Winter, sagte mein Freund Eamon und zerrte ineinander verhakte Hummerkörbe aus der Ladeluke seines Bootes, im Winter habe ein Vorhang aus Regen und Gischt die Bühne von Glaisín Álainn geschlossen. Dahinter habe sich alles Theatralische, alles Tanzen und Festliche in bloße Geschichten, in Tratsch und Erzählungen verwandelt, die am rußigen Feuer in O'Sheas Haus manche Sonntagabende doch wieder so lang und so kurzweilig wie im Sommer werden ließen. Natürlich gab es auch an diesen Abenden Musik, Harmonika, Blechflöten, Lieder, aber kaum Tanz. Es war, als würde in den Winterstürmen so etwas wie das Repertoire, das Gedächtnis der Plattform erneuert, als müßte sich die Bühne vom Getrampel sommerlicher Auftritte erholen, um, vom kalten Regen und der Gischt blankgespült, an irgendeinem Sonntag nach dem Saint Patrick's Day im März wiedereröffnet zu werden.

An den Sonntagabenden im Winter, während der Druck der Böen den Rauch durch den Kamin manchmal in O'Sheas Stube zurückstieß und Erzählern wie Zuhörern die Augen vom Ruß tränten, waren es oft die Verschwundenen, die Ausgewanderten und die Toten, die in Geschichten und Liedern wiederkehrten – die Toten der großen Hungersnot, die in Amerika oder Australien Verschollenen, die Getöteten all dieser *Bloody Fridays* und *Bloody Sundays* der Kämpfe gegen England und des Bürgerkriegs, die Ertrunkenen jener Fregatten, Frachter und Tanker, deren geborstene Wracks bei ruhigem Wasser draußen, vor den Klippen von Glaisín Álainn, als Schatten in der Tiefe zu sehen waren.

Mehr als eine Million Tote in den Jahren der Hungersnot, sagte mein Freund Eamon, und Millionen von Ausgewanderten. Und alle diese Wracks dort draußen! Seit dem Mittelalter mehr als zweitausend in der Chronik der Untergänge verzeichnete, vor der irischen Küste gesunkene Schiffe … So viele Geschichten und Songs könnten doch von allen Dichtern und Sängern dieser Welt nicht erzählt und nicht gesungen werden, um alle in Verlustlisten und Zahlenkolonnen verborgenen Dramen und Tragödien dem Gedächtnis der Menschheit zu bewahren. Was aber könne in einer Geschichte, auf einer Bühne, denn Größeres getan werden, als daran zu erinnern, was die Menschen sich selbst und einer dem anderen angetan hätten, daran zu erinnern, wozu diese Menschen in ihrem Glück und in ihrem Elend fähig seien und was ihnen also auch in Zukunft noch winken oder drohen werde?

Natürlich jubelte oder weinte auch das Publikum von Glaisín Álainn nicht bloß über *Darstellungen*, sondern vor allem über die wachgerufenen, wachgesungenen Erinnerungen an das eigene, das wirkliche Leben. Auf Liam O'Sheas Plattform und an den Abenden in seiner rußigen Stube wurde, wie auf anderen Bühnen auch, nicht die Geschichte der Welt, wohl aber die einiger ihrer Bewohner erzählt, die dann zum Beispiel für das Schicksal der vielen anderen werden konnte:

Die Geschichte von John Ford aus Ballinascarthy, der dem irischen Elend nach New York entkam und dessen Sohn Henry sein Glück in Maschinen und Motoren fand… Die Geschichte von Lieutenant Coghill aus Castletownshend, der in englischen Diensten von den Speeren der Zulus durchbohrt und geschmückt mit dem Victoriakreuz begraben wurde… Die Geschichte der Wracktaucher von Crookhaven, die in der Dunlough Bay nach Silberbarren tauchten und die Tiefe so übersät mit Wrackteilen und Schiffsrümpfen fanden, daß kein unberührter Fleck Meeresgrund zu sehen war… Die Geschichte vom Knochenschiff, das vor Galley Head auf die Klippen lief und im Sinken nichts verlor als Tausende und Abertausende Knochen aus den Schlachthöfen Corks… Die Geschichte von Deirdre O'Brien, die auf der Suche nach Strandgut eine Trompete im Roten Sand der Roscarberry Bay fand und darauf so wunderbar spielen lernte, daß jeder, der ihr *Näher mein Gott zu Dir* hörte, sein Leben – zumindest einen Abend lang – zu ändern versprach ... Die Geschichte vom Leuchtturm auf Calf Rock, den die Brecher vom Fels schlugen, noch bevor er seinen ersten Lichtstrahl in die Nacht hinauswarf, und die Geschichte von der Paraffinladung eines gesunkenen Holländers, die, auf die Felsen geworfen und als Strandgut zu Kerzen gegossen, die dunklen Häuser West Corks erhellte ... Die Geschichte vom Maisregen, der nach dem Scheitern eines Frachters aus Buenos Aires aus den Sturmwolken fiel, Mais!, aus zertrümmerten Laderäumen, vom Sturm mit der Gischt Hunderte Fuß emporgewirbelt und über Dörfer und Weiden verstreut ... Und schließlich auch die Geschichte vom höllischen Himmel über der Bantry Bay, als ein französischer Tanker vor Whiddy Island in Flammen aufging und mit ihm das ganze Tanklager der Insel und sechzig Menschen den Tod fanden und Himmel und Meer so rot waren, als stünde ganz Irland in Flammen ... Gemeinsam mit seiner Frau, sagte mein Freund Eamon, habe er damals geholfen, Überlebende und Tote aus einem brennenden Meer zu bergen.

Wer nach einem Abend solcher Geschichten aus O'Sheas Haus in die Nacht hinaustrat und bei gutem Wetter die schaukelnden Lichter der Fischkutter in der Meeresdunkelheit sah und den hellen, leeren Fleck der Plattform auf einer schwarzen Weide, dem mochte nach so vielen Dramen am Feuer diese kalte, steinerne Bühne plötzlich als Angelpunkt erscheinen, als der einzige feste Ort, um den sich die Wirklichkeit und das ganze Land zu drehen begann. Nach einigen Flaschen Stout und drei, vier Gläsern Poteen oder Whiskey aus O'Sheas Beständen konnte einem Gast auf Glaisín Álainn plötzlich ganz Irland zur Drehbühne werden, auf der einige Herzschläge lang sogar die versunkenen, zu Torf zerfallenen Urwälder wieder erstanden und rauschende Eichenwälder, die unter den Äxten englischer Eroberer und Siedler zu Masten, zu Feuerholz und Schiffsbalken wurden: Zweitausend hundertjährige Eichen, sagte mein Freund Eamon, mußten für ein einziges englisches Kriegsschiff oder ein Flaggschiff der Königlichen Westindienflotte gefällt werden, fünfhundert Acres Wald für ein einziges Schiff, das vielleicht schon im nächsten Sturm strandete und von den Brechern als Treibholz an die geplünderte Küste zurückgeworfen wurde. Und was von den irischen Wäldern nach den Stapelläufen allesfressender, riesiger Flotten noch blieb, das schneite schließlich als Ruß aus den Kohlenmeilern und den Schmelzöfen der Kupfer- und Eisenhütten auf das kahlgeschlagene Land herab.

Kahl? Schon mit der nächsten Drehung der Bühne konnte die Wüste wieder unter Büschen und Strauchwerk verschwinden, unter Stechginster und baumhohen Fuchsienhecken, ja in manchen Tälern kehrten sogar die Bäume zurück – zuerst nur in den ummauerten Parks und Gärten englischer Herrenhäuser, um sich dann aber von dort – und begünstigt durch die milde, vom Golfstrom gewärmte Luft Irlands – auszubreiten: Pinien und Eukalyptusbäume beschatteten plötzlich die Szenerie, Rhododendren, von Kolonialkriegern aus dem Himalaja nach ihren irischen Landsitzen verpflanzt, blühten hier schöner als in Kaschmir und Nepal!, Myrten, Erdbeerbäume und Maoriflachs aus Neuseeland, Tulpenbäume, Magnolien, ja selbst Feigenbäume voll bitterer Früchte und Palmen – kein Zweifel, die Bühne Irland wurde auch nach den schlimmsten Verwüstungen und Kahlschlägen wieder schön. Nur das Drama, das in den schattigen Kulissen Leben und Tod von Akteuren *und* Publikum forderte, war und blieb grausam – von den Leichenfeldern der Schlacht bei Kinsale und am River Boyne und den Massakern des englischen Puritaners Oliver Cromwell über die Massengräber der Hungersnot bis zu den Toten des Bürgerkriegs und den Opfern der Scharfschützen und Bomben der IRA – auf Glaisín Álainn wurde weder am Torffeuer noch auf der Plattform jemals vergessen, zu welchem Stück alle die Geschichten, Tänze und Lieder gehörten, die man sich im Winter erzählte und in den Sommermonaten unter freiem Himmel tanzte und sang.

Wie auf so vielen Bühnen verlor sich aber auch hier die Linie, die das Spiel vom wirklichen Leben trennte, manchmal im Wechsel der Szenen und Zeiten: Wenn etwa die Nachricht von einem auslaufenden Auswandererschiff Glaisín Álainn erreichte und sich O'Sheas Gäste in einem offenen Lastwagen auf den Weg nach Cobh oder in den Hafen von Cork machten, um dort weinend ein Schiff ins amerikanische Glück entschwinden zu sehen. *American wake*, amerikanische Totenwache, hießen solche Hafenausflüge, über denen neben den Farben Irlands schon das Sternenbanner zu Abschiedsliedern und Trauerreden flatterte: Wer vor der Armut der Heimat über den Atlantik flüchtete, der kam nicht mehr wieder.

Führten diese rumpelnden Lastwagenfahrten nach Cobh und Cork noch über eine Bühne oder schon über den Boden der Wirklichkeit? Oder die Parade an jenem Saint Patrick's Day in Skibbereen, als die Armee der Republik Irland zu Ehren des Landesheiligen durch die Stadt marschierte, unter den Soldaten auch mein Freund Eamon, und aus den Seitengassen plötzlich die schwarzen Barette der IRA zur Kolonne stießen, vereinzelt und wie Verirrte zuerst, dann aber immer zahlreicher und wie nach einer genauen Choreographie: Wortlos reihten sie sich in die Parade, zum Zeichen dafür, daß es nur ein einziges Irland und kein von England zerrissenes geben durfte ... Die Armee der Republik in einem Festzug mit der Irisch Republikanischen Armee! Ratlos die einen, grimmig und schweigend die anderen, so marschierten Soldaten und Untergrundkämpfer damals gemeinsam durch Skibbereen, bis die schwarzen Barette so plötzlich wieder verschwanden, wie sie aufgetaucht waren. Ein Spuk? Eine militärische Demonstration? Oder doch bloß Theater?

Die Grenze zwischen dem wirklichen Leben und seiner Darstellung wird wohl nur dort unbezweifelbar überschritten, wo ein Mensch auf *seiner* Bühne zu Schaden kommt oder stirbt. Solange nur marschiert werde, sagte mein Freund, nur demonstriert, erzählt oder gesungen, sei doch alles Theater, Vor- oder Nachspiel für das Drama der Wirklichkeit.

Auch auf Glaisín Álainn haben die Vertreter der Tatsachen und der Dogmen sich immer wieder einzumischen versucht in das Spiel. Einmal war es ein Priester, ein Volksmissionar aus Kerry, der ein Holzkreuz hochhielt und die Tanzenden auf der Plattform auseinanderzu*reißen* versuchte und dazu den Sittenverfall verfluchte und gegen O'Sheas hupende Knopfharmonika und gegen Gelächter anschreiend, allen Unkeuschen die Hölle versprach. Ein anderes Mal war es ein Akkordeonspieler mit dem unverwechselbaren Akzent des Nordens, der nach drei, vier schönen Strophen um Rekruten für die IRA warb …

An welchen Straßenkreuzungen und auf welchen Bühnen auch immer sich Leute versammelten, sagte Eamon, solche Missionare mischten sich doch immer unter die Leute – Eiferer, Ideologen, Prediger, Propheten, manchmal sogar Mörder. Sollte man eine solche Versammlung aber nur deshalb auflösen, eine Bühne schließen, nur weil dort möglicherweise und unerkannt ein Heckenschütze, ein Kriegsverbrecher oder ein Bombenleger tanzt oder applaudiert? Stacheldrahtspiralen um Glaisín Álainn? Kontrollposten?

Wo getanzt wird, sagte mein Freund, brauche es zumindest Platz. Bewegungsfreiheit! Wer diese Freiheit einschränke, sei nicht nur ein Feind der Bühne und aller Kunst, sondern auch der seinige. Den Missionar aus Kerry und den Werber der IRA haben damals die Menge, die Musik, das Gelächter, einfach verschluckt. Die Tanzenden umarmten und küßten sich weiter, und was der Mann aus dem Norden erreichte, bot nicht einmal Stoff genug für ein Gerücht.

Die Bühne von Glaisín Álainn liegt nun schon seit Jahren nicht nur in den Wintermonaten, sondern auch an Sonntagabenden im Sommer leer und verlassen vor Liam O'Sheas verfallendem Haus. Von Disteln und Stechginster überwuchert, beginnt dieses graue Steinmal allmählich den Steinkreisen und keltischen Kultstätten zu gleichen, die über die ganze Insel verstreut bezeugen, daß noch auf der fernsten, umbrandeten

Klippe das *Spiel*, die Darstellung des Lebens in die Jahrtausende zurückreicht. Aber nicht nur das äußere Bild der Plattform hat sich gewandelt: sie ist längst selbst zur Geschichte geworden, zur Erinnerung und Provokation der Phantasie. Schon gehört ein Song über Glaisín Álainn, über Liam O'Sheas Reichtum und Abschied zu den Liedern West Corks:

...
had a mule
had a house
had a boat
had a well of poteen
and left it behind
left it all for a dream
...

Fünfzig Pfund, sagte mein Freund Eamon, fünfzig irische Pfund habe seine Mutter für die Plattform, für Steinhaus und Weide bezahlt, als Liam O'Shea in den sechziger Jahren alles aufgab und irgendwo im Westen Australiens verschwand. Fünfzig Pfund, auch damals ein Schleuderpreis. Aber könne man denn einen Ort wie Glaisín Álainn wirklich besitzen? Wem gehört eine Bühne? Doch wohl immer nur denen, die auf ihr erscheinen.

Vor der Bühne von Glaisín Álainn liegen nun die von Wollgras durchwachsenen Ballen ausgedienter Fischernetze und steht neben Eamons Boot auch das rostzerfressene Wrack eines alten Ford und ein Wohnwagen, mit dem er und seine Familie noch bis vor wenigen Sommern in die Ferien an die kaum dreißig Meilen entfernten Sandstrände von Barley Cove fuhren: Kulissen. Die Bühne ist menschenleer. Die *Ballrooms* und *Dancing Halls*, dann die Kinos und schließlich die Diskotheken und die entlang der ganzen Küste aufflackernden Lichtzeichen der Fernsehschirme haben auch West Cork verwandelt. Kein Mensch muß heute noch zu Fuß stundenlang über die Hügel gehen, nur um irgendwo *in the middle of nowhere* unter freiem Himmel zu tanzen. Und selbst die neue Besitzerin von Glaisín Álainn ist mittlerweile eine Greisin, die seit sieben Jahren in Castletownshend, in einem Zimmer am Meer liegt, gelähmt und geschlagen von einer Krankheit, die sie nichts mehr von ihrer Gegenwart erkennen und kein Wort mehr sprechen läßt, eine vollkommen stumm daliegende, fast neunzigjährige Frau; Eamons Mutter. Ob sie träume?

Wir saßen an jenem Februarabend nach unserem Besuch auf Glaisín Álainn am Bett der Greisin und tranken *Murphy's Stout* aus Flaschen, an denen bei jedem Absetzen Porzellanverschlüsse an Drahtspangen klingelten. Ob sie träume? Nicht einmal das könne er mit Gewißheit sagen, sagte Eamon. Manchmal sitze er die halbe Nacht an diesem Bett und sei davon überzeugt, *daß* sie träume, daß hinter ihren offenen, leeren

Augen doch noch etwas wie Erinnerung sei, vielleicht sogar an die Tänze auf der Plattform, mit ihrem ersten und einzigen Mann, an das Leben, an die Sonntagabende auf Glaisín Álainn. Jeder Mensch lebe schließlich bis zu seinem Ende in drei Lüften: Die erste enthalte alle Gerüche und Geräusche des Anfangs, der engsten und geheimsten Umgebung, den Geruch der Wolljacke und der Haut der Mutter, den Klang ihrer Stimme, wenn sie aus dem offenen Fenster den Namen des Vaters in den Wind rief, den Duft der großen, längst verschwundenen Narzissen- und Veilchenfelder vor einem Küchenfenster in Glandore … Die zweite, die größere Luft nehme die erste in sich auf und trage die Gerüche und Geräusche der ganzen Küste, Seetang, Fisch und zerschlagene Muscheln auf Felsen und Sand, den verwehenden Maschinenlärm der Kutter, den Rauch der Torffeuer an kalten Tagen, das strahlende Gelb des Ginsters … Aber erst in der dritten Luft werde ergänzt und hinzugefügt, was zum vollständigen Bild der Welt noch fehle, erst in der Luft der Plattformen, Tanzsäle und Theater, der Kinos und wohl auch rauchiger Pubs, der Luft der Geschichten und der Verzauberung des Lebens in Lieder, verwandle sich beispielsweise ein ganzes Meer in ein einziges Wort, in eine Melodie, und rausche aus diesem Wort wieder hervor. Diese dritte Luft sei einmal schwer vom Parfüm der Theater, dann wieder bloß ein bißchen fettig vom Mief der *Fish'n chips*-Buden vor den Kinos, sie trage den Geruch der nassen Kleider von Tänzern im Regen ebenso wie den Duft schöner Leute. Aber selbst im Abbey Theatre in Dublin oder in einem Kino in Bandon oder Cork, sagte mein Freund und öffnete das Fenster des Krankenzimmers, habe er den Geruch von Glaisín Álainn in der Nase und das Rauschen der Brandung im Ohr.

Meeresluft strömte ins Zimmer und blähte die winzigen Segel der Vorhänge, salzige, milde Luft, in der die Greisin aufzuatmen schien. Versunken, beinah schon verschwunden, lag sie in ihren Kissen, und ihre Atemzüge wurden wieder unhörbar im fernen Tosen der Brecher, das durch das offene Fenster drang. Es war das Rauschen, das sie an so vielen Sonntagabenden auf Glaisín Álainn gehört hatte und das immer noch zu O'Sheas überwucherter, verlassener Bühne aufstieg, die Brandung des Atlantischen Ozeans, ein in der Nacht verhallender und wiederkehrender Applaus.

Christoph Ransmayr, 1954 in Wels/Oberösterreich geboren, studierte in Wien und lebt zur Zeit in West Cork, Irland. Seine Romane wurden in mehr als zwanzig Sprachen übersetzt.

Christoph Ransmayr

Sein Werk im Fischer Taschenbuch Verlag

Die letzte Welt
Roman
Band 9538

Die Schrecken des Eises und der Finsternis
Roman
Band 5419

Die Erfindung der Welt
Zum Werk von Christoph Ransmayr
Herausgegeben von Uwe Wittstock
Band 13433

CHRISTOPH RANSMAYR

Sein Werk im S. Fischer Verlag

Morbus Kitahara
Roman
448 S., Leinen, Fadenheftung

Die Schrecken des Eises und der Finsternis
Roman
280 S. mit 23 Illustrationen, Leinen, Fadenheftung

Der Weg nach Surabaya
Reportagen und kleine Prosa
238 S. mit 13 Abb., Leinen, Fadenheftung